Nous remercions le Conseil des Arts du Canada,
le ministère du Patrimoine canadien et la SODEC
de l'aide accordée à notre programme de publication.

Le Conseil des Arts | The Canada Council
du Canada | For the Arts
Depuis 1957 | Since 1957

 Patrimoine   Canadian
canadien   Heritage

 SODEC
Québec

Illustration de la couverture
et illustrations intérieures :
Odile Ouellet

Édition électronique :
Infographie DN

DANGER

LE
PHOTOCOPILLAGE
TUE LE LIVRE

Dépôt légal : 1er trimestre 2000
Bibliothèque nationale du Canada
Bibliothèque nationale du Québec

123456789 AGMV 0543210

ADIEU, MAMIE!

DE LA MÊME AUTEURE

Histoires vraies de tous les jours, en collaboration
avec Louise de Grosbois, Lise Nantel et Nicole Lacelle,
Éditions du remue-ménage, 1976.

À propos du métro, ouvrage documentaire et fiction
pour les jeunes, illustré et mis en page par l'auteure,
Éditions Hurtubise HMH, 1993.

Données de catalogage avant publication (Canada)

Lamothe, Raymonde, 1947-

      Adieu, mamie!

      (Collection Sésame; 19)
      Pour les jeunes.

      ISBN 2-89051-743-8

      I. Titre II. Collection.

PS8573.A425A72 2000   jC843'.54   C99-941354-6
PS9573.A425A72 2000
PZ23.L35Ad 2000

RAYMONDE LAMOTHE

roman

**ÉDITIONS
PIERRE TISSEYRE**

5757, rue Cypihot, Saint-Laurent (Québec) H4S 1R3
Téléphone: (514) 334-2690 – Télécopieur: (514) 334-8395
Courriel: ed.tisseyre@erpi.com

À mon père

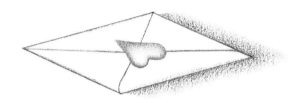

1

LE CŒUR
À L'ENVERS

Maman dit toujours : « Quand on a de la peine, il faut se faire plaisir. » Depuis qu'on savait que grand-mère allait mourir, on était aux petits soins entre nous. On ménageait nos forces pour quand cela arriverait.

Chaque jour, j'envoyais par la poste à mamie un petit mot ou un dessin pour la réconforter. Quand j'ai vu que ça faisait des jaloux, je me suis mise à écrire à ma famille, même si on vit sous le même toit. Alex, mon petit frère, qui n'avait encore jamais reçu une seule lettre adressée à son nom, trépignait d'impatience en attendant le facteur. Mes parents aussi étaient bien contents de trouver dans leur courrier autre chose que des comptes à payer.

Évidemment, je n'avais pas grand nouvelles fraîches à leur annoncer, alors je faisais des collages avec des photos de magazines. J'insérais ici et là des phrases que je découpais dans les annonces : «Hâtez-vous! plus que deux représentations du Cirque du Soleil!», ou «Visitez Disneyworld en famille à Noël!», ou encore «L'été prochain, faites le tour de la Gaspésie!»

Papa aussi nous gâtait. Comme il se lève toujours très tôt, il avait

eu l'idée de faire jouer de la musique pendant qu'on dormait encore. Les mélodies s'insinuaient dans nos rêves et, quand on se réveillait, avant même de nous souvenir du terrible drame qui nous affligeait, on était déjà de bonne humeur.

Alex, lui, nous avait promis une surprise chaque jour. De la part d'un amateur de farces et attrapes, on pouvait s'attendre à tout, au meilleur comme au pire. Le jour où j'ai mis la main sur une couleuvre en fouillant dans mon sac d'école, je n'ai pas du tout apprécié. Elle avait beau être en caoutchouc, j'ai horreur de ces bestioles et il le sait.

Mais Alex est comme maman. Elle aussi pense qu'il n'y a rien comme une bonne frousse pour oublier ses malheurs. Pendant la maladie de mamie, elle revenait toutes les semaines de la bibliothèque avec des livres d'épouvante. Le soir, on s'installait chacun dans notre lit avec une histoire qui nous glaçait d'effroi. On finissait presque toujours tous les quatre dans le lit de mes parents à nous rassurer les uns les autres.

La discipline s'était vraiment beaucoup relâchée chez nous. En dehors des activités obligatoires, comme l'école ou le travail, on faisait ce qu'on voulait, quand ça nous tentait. La maison n'avait jamais été aussi en désordre : les meubles disparaissaient sous les journaux, les jouets traînaient un peu partout, les lits restaient défaits, mais, au moins, c'était propre. Et, nous, on sentait bon même si nos vêtements étaient un peu froissés.

On ne mangeait que ce qu'on aime. Moi, j'adore les tomates. Je mords dedans comme dans une pomme. Je les aime aussi en salade, arrosées d'huile d'olive et de jus de citron, ou encore entre deux tranches de pain tartinées de beurre d'arachide. Les trucs dégoûtants comme les épinards, le brocoli, le foie de veau, les choux de Bruxelles ne faisaient plus partie de notre menu. N'empêche que j'aurais volontiers accepté d'avaler quelques choux de Bruxelles si cela avait pu guérir mamie. Mais je savais que cela n'y changerait rien…

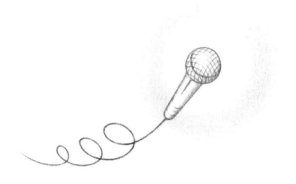

2

LA PLUS BELLE CHANSON

Samedi soir, quand maman est revenue de la campagne, Alex et moi, on s'est précipités à sa rencontre pour avoir des nouvelles de grand-mère.

— Elle est très faible. Elle dort presque tout le temps. Le médecin croit qu'elle n'en a plus pour très longtemps.

Papa a serré maman dans ses bras et il l'a entraînée au salon où flambait un beau gros feu. On s'est assis sur le divan, bien collés. On avait le cœur gros. C'était difficile d'imaginer qu'on n'entendrait plus notre mamie chanter.

Ma grand-mère était une chanteuse semi-professionnelle, comme elle disait. Elle n'avait jamais chanté dans les salles de concert ou à la télévision, mais elle était souvent invitée à se produire dans les réceptions de mariage ou dans les fêtes de son village. Elle dirigeait aussi la chorale de sa paroisse. Mais sa spécialité, c'était la chansonnette française. Elle en savait des centaines. Il y avait plein de disques chez elle, des anciens disques en vinyle, des 33 tours, des 45 tours. Et aussi de la musique sur papier, car elle s'accompagnait au piano.

Maman a sorti de la poche de sa veste une cassette qu'elle m'a tendue.

— Tiens, Élodie. J'ai trouvé cette cassette avec ton nom écrit dessus. C'est probablement la dernière qu'elle a enregistrée.

Le jour où la maladie l'a confinée à la maison, mamie a commencé à enregistrer sur cassettes les plus belles pièces de sa collection. Elle concoctait un pot-pourri spécial pour chaque personne qu'elle aimait. Elle passait beaucoup de temps à choisir avec minutie les chansons en fonction de la personnalité de chacun. Maman prétendait qu'elle en profitait parfois pour nous faire la leçon.

J'ai mis la cassette dans le magnétophone. Une voix nasillarde, haut perchée, qui rrroulait terrrriblement les r, a entonné :

Le bonheurrr ça se fabrrrique
Ça se monte brrrique à brrrique.

On a tous éclaté de rire.

3

LA CHOSE
LA PLUS PRÉCIEUSE
AU MONDE

Ma tante Liliane a passé la journée de dimanche avec mamie pour permettre à maman de rester avec nous. On a fait la grasse matinée. Puis on a déjeuné dans la cour. On a mangé des crêpes arrosées de sirop d'érable.

— Profitons des dernières journées de chaleur, a déclaré maman.

Pourtant, on pensait bien que le froid s'était installé pour de bon. Mais l'été des Indiens nous a surpris déjà tout emmitouflés. C'était comme si le temps doux était revenu nous saluer : « Ne m'oubliez pas, semblait-il dire. Vous savez bien que je ne vous abandonne pas pour toujours. Je vais revenir au printemps. »

Une coccinelle faisait de l'escalade dans les plis de la robe de chambre de papa. Quand elle tombait à la renverse, il lui donnait un petit coup de pouce pour la remettre sur ses pattes.

— Allez, ma mignonne, a-t-il dit en allant la porter dans la plate-bande, mange les pucerons avant qu'ils ne dévorent tous nos rosiers.

Maman se balançait dans le hamac, sa crinière de lion étalée autour de son beau visage. On aurait juré qu'elle respirait le parfait bonheur si on ne l'avait pas entendue soupirer :

— Pourvu qu'elle ne souffre pas trop.

Et puis elle a ajouté en remontant les manches de son pyjama :

— Ah ! que c'est bon ce soleil sur ma peau !

Les oiseaux pépiaient, roucoulaient, gazouillaient. Peut-être se donnaient-ils rendez-vous quelque part dans le Sud pour fêter le Nouvel An. Ou encore demandaient-ils à ceux qui restent au Nord pendant l'hiver de surveiller leur cabane. Maman a encore dit :

— Pourvu qu'elle meure dans sa maison, comme elle le souhaite.

Puis elle a fait mine de s'intéresser au progrès de Tourlou, notre
caniche, qu'Alex s'entête à dresser
comme une bête de cirque.

— Regarde-le sauter dans le cer-
ceau, a-t-elle dit à papa. Je t'avais
bien dit que ces petits chiens-là
sont intelligents.

— C'est parce qu'il a un bon
dompteur, a protesté Alex, fier
comme un pou.

Moi, je sirotais mon jus d'orange
en silence. Papa a tiré sur ma queue
de cheval.

— Tu as l'air songeuse, m'Élodie.

Papa dit « m'Élodie » au lieu de
« mon Élodie ». Il est très fier de sa
trouvaille.

— Je chante par en dedans et je
réfléchis.

— Peut-on savoir à quoi ?

— À mon projet d'école. Il faut
que j'apporte la chose qui m'est la

plus précieuse au monde et que j'explique pourquoi pendant cinq minutes devant la classe.

Maman a relevé la tête, curieuse.

— Et qu'est-ce que c'est, pour toi, la chose la plus précieuse au monde ?

— Je ne sais pas encore. Mes amis, eux, ont presque tous trouvé. Il y en a même trois qui ont déjà fait leur présentation. Moi, c'est jeudi. Pour nous aider, mademoiselle Leclerc a dit de nous demander ce qu'on emporterait avec nous si on devait quitter la Terre pour aller habiter une autre planète.

— Moi, j'emmènerais Tourlou, s'est écrié Alex sans hésiter une seconde.

— Il faut que ce soit un objet, pas un animal.

— Alors, j'emporterais mes patins.

— Qui te dit qu'il y a de la glace sur cette planète?

— Peut-être que oui.

— Moi, a déclaré papa, je ne partirais pas sans mes outils. Comme ça, je pourrais nous construire une nouvelle maison. Et toi, Hélène, qu'est-ce que tu prendrais avec toi?

Maman a réfléchi un bon moment avant de répondre:

— Peut-être des graines.

On l'a tous regardée, intrigués.

— Des graines?

— Bien oui. Des graines de citrouilles, des graines de pamplemousses, des graines de maïs. Il n'y a peut-être rien à manger là-bas.

Ma mère pense toujours à tout, c'est bien connu, mais je n'étais pas sûre que des graines seraient acceptées par mademoiselle Leclerc.

— Ce n'est pas un objet, ce n'est pas une chose. De toute façon, vous ne passeriez pas le test ni l'un ni l'autre, car on n'a pas droit à plus d'un objet.

— Ouais! a soupiré maman.

Puis on l'a entendue ajouter tout bas, comme si elle se parlait à elle-même :

— Pourvu qu'elle ne soit pas toute seule quand elle va mourir.

Pauvre maman, qui essayait de nous cacher ses inquiétudes! Elle m'a suggéré :

— Tu pourrais emporter ton nounours. Tu ne t'es jamais endormie sans lui depuis que tu es née.

— De quoi j'aurais l'air, à dix ans, d'arriver à l'école avec mon nounours? Et puis ce n'est pas une chose, c'est un animal.

— Tu es certaine que tu le laisserais derrière toi si tu t'envolais vers une autre planète ? a ajouté papa, taquin.

— Tu te moques de moi.

— Tiens, j'ai trouvé, a repris maman. Tu devrais emporter l'album de contes que ta grand-mère t'a donné.

Je n'avais pas pensé à cet album. C'est vrai que j'y tenais beaucoup, encore plus, on aurait dit, depuis que je savais que mamie allait mourir.

— J'ai peur que ce ne soit pas assez exotique. Nour, Amadou et Kamla ont tous trouvé quelque chose qu'on n'avait jamais vu. On est les seules, Florence et moi, à n'avoir rien d'exotique chez nous.

— Qu'est-ce que ça veut dire « exotique » ? a demandé Alex.

— Ça veut dire quelque chose de spécial, de bizarre, de fantastique, d'original, de rare !

Papa a froncé les sourcils.

— Tu devrais peut-être regarder dans le dictionnaire avant d'inventer n'importe quoi, a-t-il fait remarquer, en bon professeur de français qu'il est.

Alex s'est précipité dans la maison et est revenu, les bras en croix, avec une grosse brique en équilibre sur la tête.

— Tiens, toi aussi, tu pratiques ton numéro de cirque, lui a dit papa en attrapant le dictionnaire juste avant qu'il n'atterrisse dans les roses.

Il m'a tendu le volume.

— A-B-C-D-E *E-x-o-t-i-q-u-e : Qui appartient aux pays étrangers, qui en provient.* C'est exactement ce que je voulais dire, me suis-je exclamée. Ça vient de l'étranger.

— Qu'est-ce qu'ils ont apporté, tes amis ?

— Nour, qui est d'origine égyptienne, est arrivée avec un instrument de musique qui ressemble un peu à une guitare. Ça s'appelle un *oud*. Tout le monde en joue dans sa famille depuis des générations.

«Amadou, lui, avait un beau petit autobus jaune, bleu et rouge que ses cousins du Sénégal ont fabriqué avec un bidon d'essence. C'est écrit *Transport Diop* sur le côté. Diop, c'est son nom de famille.

«Kamla, qui vient de l'Inde, nous a montré à jouer au *pachisi.* C'est un jeu de hasard qui se joue avec des coquilles de cauris sur une croix en velours brodé avec du fil d'argent.»

— Pour toi, c'est exotique, mais pas pour eux, a observé papa.

— Comment ça?

— Parce que ça fait partie de leur culture. Ils ont grandi avec ça.

Pour eux, c'est notre culture à nous qui est exotique.

— C'est quoi, la culture?

— Tu as un dictionnaire entre les mains.

— A-B-C. *Culture: Action de cultiver.*

— Continue.

— *Terrain cultivé, surface exploitée.*

— Continue.

— *Espèce végétale cultivée.*

— Continue.

— *Ensemble des structures sociales et des manifestations artistiques, religieuses, intellectuelles qui définissent un groupe, une société par rapport à une autre.*

— Ah! Voilà. C'est, entre autres, notre façon de parler, de fêter, de construire nos maisons, de nous habiller, nos règles de politesse. Tiens, par exemple, ici on mange avec une fourchette ou une cuillère ; en Orient, avec des baguettes ; en Afrique, avec les mains ou avec un petit pain plat ou une galette.

— Ah bon !

— Et au Japon, il faut enlever ses chaussures avant d'entrer chez quelqu'un.

— Pourquoi ?

— Tout simplement parce que les Japonais dorment sur le sol et qu'ils mangent par terre. Si tu marchais chez eux avec tes chaussures, ce serait comme si, ici, tu te promenais sur les lits et sur la table.

— Ah !

— Et savais-tu que dans certains pays, comme au Laos, c'est très mal vu d'accepter un cadeau ?

Je n'en revenais pas ! C'est tellement agréable de recevoir un cadeau.

— Mais pourquoi ? ai-je demandé.

— Parce que, m'a répondu papa.

Ma question a semblé l'embêter. Il n'avait pas l'air de savoir trop trop quoi répondre. Papa a horreur d'être pris en défaut et il n'oserait jamais avouer son ignorance. La tête renversée sur le dossier de sa chaise, le nez en l'air, il a fait mine de s'intéresser à un écureuil qui voltigeait dans l'arbre au-dessus de nous. Il a fini par me dire, sur un ton un peu impatient, sans me regarder :

— Sais-tu que, dans certaines cultures, les enfants n'ont même pas le droit de poser des questions à un adulte ?

4

LES ADIEUX
DE MAMIE

Le téléphone a sonné. Maman a couru répondre. Quand elle est revenue, elle nous a annoncé avec une voix tremblante :

— C'est Liliane. Elle dit que maman est réveillée et qu'elle a demandé à nous voir.

— Elle est guérie ?

— Mais non. Il se peut que ce soit un dernier moment de lucidité avant la mort. Il paraît que ça arrive parfois.

On s'est rués dans nos chambres, on s'est habillés en vitesse et, sans même nous débarbouiller, on s'est engouffrés dans la voiture.

Maman n'arrêtait pas de dire à papa d'aller plus vite. Lui, il essayait de rester calme. Alex et moi, on se tenait raides comme des barres de fer sur la banquette arrière. J'avais la bouche sèche. Je n'avais jamais vu quelqu'un mourir. J'avais très peur que mamie meure devant nous.

D'après le nombre de voitures stationnées devant la maison, on était les derniers arrivés. On s'est hâtés vers la chambre de mamie. On a réussi à se faufiler entre les oncles, les tantes, les cousins, les cousines pour aller l'embrasser.

Elle était très pâle et très amaigrie, mais elle souriait. C'était la première fois depuis des jours qu'elle avait conscience de ce qui se passait autour d'elle. Elle nous a regardés les uns après les autres et elle a dit :

— J'ai eu une belle vie. Vous m'avez tous rendue heureuse.

Elle s'est tue un moment, comme pour reprendre son souffle, et elle a déclaré avec une grande tristesse dans les yeux et dans la voix :

— Mais je vais m'ennuyer de vous !

J'ai eu un cri du cœur :

— Mais, mamie, c'est nous qui allons nous ennuyer de toi !

Tout le monde s'est tourné vers moi. J'ai été la seule à voir mamie faire un dernier sourire avant de laisser tomber la tête sur l'oreiller.

Elle s'en est allée tout doucement, sans avoir l'air de souffrir. Sa peau est devenue toute lisse. On aurait dit que la mort l'avait rajeunie tout d'un coup. Elle était plus belle que jamais.

Un grand calme s'est installé dans la chambre. Tout le monde est resté silencieux. Après quelques minutes de recueillement, papa a fait signe aux enfants de sortir de la pièce pour laisser maman, tante Liliane et oncle Claude seuls avec leur mère.

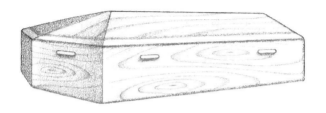

5

AU SALON
FUNÉRAIRE

Grand-mère a été exposée pendant deux jours. En fait, elle n'était pas vraiment exposée. Pas comme le grand-père de Florence qu'on pouvait voir couché dans son cercueil, son chapelet entre les doigts. Non, le cercueil de mamie était fermé. J'aimais autant ça. Je préférais me rappeler la dernière image que j'avais d'elle.

Il y avait un monde fou au salon funéraire. Tout le village regrettait la perte de mamie et partageait notre douleur. On parlait du temps où elle était en bonne santé, des fois où elle organisait de gros pique-niques pour la famille et les amis et qu'on chantait autour du feu. Ou, à Noël, quand on allait à la messe de minuit dans son village. Je me souviens, on s'installait dans le jubé, à l'arrière de l'église, pour la voir diriger la chorale. On était tellement fiers d'elle. Et après, au réveillon, on se régalait de sa dinde et de ses tourtières, les meilleures au monde. Et, ensuite, le dépouillement de l'arbre de Noël…

Maman semblait heureuse de revoir ses amis d'enfance et de leur présenter ses enfants. Les gens

s'exclamaient : « Oh ! qu'ils sont mi-
gnons ! qu'ils sont gentils ! Comme
il ressemble à son papa, ce petit ! Et
toi, tu es le portrait de ta maman ! »

Ma cousine Céleste échappait à
ce genre de commentaire puis-
qu'elle ne ressemble à personne
d'autre dans la famille. Elle est la
seule à avoir les yeux bridés. « Des
yeux qui rient tout le temps », disait

mamie. Mais je savais qu'elle était aussi triste que moi, car elle adorait notre grand-mère. Elle l'appelait *Wawa*. C'est du chinois. Elle connaissait déjà quelques mots dans cette langue quand tante Liliane et oncle Jean sont allés la chercher en Chine.

Je me suis assise avec elle tout en gardant un œil sur Alex que mes parents m'avaient demandé de surveiller. Il n'avait pas l'air de préparer un mauvais coup, mais, avec lui, on ne sait jamais. En fait, il était très impressionné par tous ces inconnus devant qui il se pavanait dans son beau costume neuf.

— Tu es chanceuse, toi, m'a dit Céleste, de ressembler à ta mère. Moi, je ne ressemble à personne que je connais et, dans ma classe, je suis la seule à être différente des autres.

— C'est parce que tu demeures en banlieue. À mon école, en plein centre-ville de Montréal, il y a cinquante-six nationalités différentes. Et, dans ma classe à moi, on est seulement deux Québécoises pure laine. Alors, c'est plutôt nous, les oiseaux rares.

— Et moi, je ne suis pas pure laine?

— Ah! mais non! Maman dit toujours: «Céleste, c'est une vraie soie!»

Céleste est en cinquième année, comme moi. Je lui ai parlé de la présentation que je devais faire devant la classe. J'étais curieuse de savoir ce que c'était, pour elle, la chose la plus précieuse au monde.

— Ma marionnette. Elle vient du Hunan. C'est la province de Chine où je suis née.

Je me souvenais de cette grande poupée suspendue par des fils au-dessus de la commode dans sa chambre.

Complètement absorbée dans ma conversation avec ma cousine, j'en étais venue à oublier Alex. Où était-il, celui-là ? Je ne le voyais nulle part. Inquiète, je me suis mise à sa recherche. J'ai fait le tour du salon funéraire. Il n'était pas aux toilettes, ni dans la salle des fumeurs, ni dans l'entrée, ni dans le vestiaire. Je m'apprêtais à avertir papa de sa disparition quand je l'ai vu arriver en courant, hors d'haleine. Il semblait avoir fait une grande découverte. Tout excité, il m'a raconté :

— Il y a un homme exposé dans l'autre salle. Il a dû mourir bien vite, il a son veston, sa cravate et tout ! Il a même encore ses lunettes sur le nez!

C'est vrai que c'était assez surprenant. Mamie portait sa chemise de nuit, elle, quand elle est morte.

Mon oncle Claude, qui avait entendu la remarque d'Alex, a éclaté de rire. Il a raconté l'histoire aux gens à côté de lui, qui, à leur tour, l'ont raconté à leurs voisins. Tout le monde riait en se cachant la bouche avec la main. On était les seuls à ne pas trouver ça drôle.

Plus tard, papa nous a expliqué que jamais, ici, on n'expose les morts en pyjama.

6

LES FUNÉRAILLES

Ce que j'ai trouvé le plus dur pendant tout le temps des funérailles, c'est le cercueil: quand il est arrivé à l'église, quand on l'a suivi jusqu'au cimetière, quand on l'a déposé dans la fosse. J'avais beau me dire: «C'est seulement son corps qui est là-dedans, ma vraie mamie est dans mon cœur. » N'empêche qu'à l'église j'évitais de le regarder. J'ai fermé les yeux et j'ai écouté les chants. C'était beau. J'ai imaginé mamie dirigeant un chœur d'anges dans le ciel. Ça m'a apaisée.

Tout le monde pleurait à la sortie de l'église, même les nuages. Il pleuvait à boire debout. On a marché jusqu'au cimetière en pataugeant dans les feuilles mouillées et en se serrant sous nos parapluies. On avait tous une rose blanche qu'on a déposée, à tour de rôle, sur le cercueil de mamie pendant que le curé le bénissait.

Sur la pierre tombale était gravé le nom de mon grand-père avec, à côté, 1942-1976. J'ai fait le calcul. Il est mort à trente-quatre ans : l'âge de mon père. J'ai serré plus fort la main de papa. Maman avait onze

ans quand son père est mort dans un accident d'auto. J'ai pensé à la peine qu'elle avait dû avoir. Je me suis mise à sangloter.

À travers mes larmes, j'ai lu, un peu plus haut, sur le monument : *Alice, notre petit ange, décédée à un an et quatre mois.* Si ça avait été moi, ai-je pensé, je ne serais déjà plus là. Je n'aurais pas connu mamie, ni papa, ni maman, ni Alex, ni Céleste, ni mademoiselle Leclerc, ni tous mes amis que j'aime tant. Mes sanglots ont redoublé. Et le pire, me suis-je dit, le pire, c'est que maman n'aurait pas sa petite fille, aujourd'hui, pour la consoler. J'ai arrêté net de pleurer.

Quand on s'est acheminés vers la sortie du cimetière, la pluie avait cessé mais il ventait beaucoup. Un vent chaud qui est venu sécher nos larmes. Et, soudain, le soleil s'est faufilé entre les nuages. D'un coup, il a embrasé le paysage et il a réchauffé nos cœurs.

7

DE BEAUX
SOUVENIRS

Après l'enterrement, toute la famille et les amis se sont réunis chez mamie. Ça faisait drôle de se retrouver chez elle, sans elle. Une maison vide, pleine de monde. On parlait tout bas comme si on n'avait pas le droit d'être là. Pour dissiper le malaise, ma tante Liliane s'est assise au piano et tout le monde s'est mis à chanter.

Samuel, l'aîné de mes cousins, a organisé une partie de ballon pour les enfants. Mais, Céleste et moi, on s'inquiétait du chat de mamie. On ne le voyait nulle part. On a fait le tour des endroits où il avait l'habitude de dormir. Il n'était pas dans son panier d'osier sur le rebord de la fenêtre de la cuisine, ni dans le fauteuil à oreilles dans le salon, ni sur le lit dans la chambre de mamie, au deuxième étage. Céleste était au bord des larmes. On a finalement trouvé le pauvre minou dans le fond de la garde-robe, couché au milieu des souliers et des bottes.

Mamie l'avait baptisé Chat-Loupe à cause de sa vue perçante. Mais là, c'est Chagrin qu'on aurait pu l'appeler, tellement il avait l'air triste. Céleste l'a pris dans ses bras.

Elle l'a gratté sous le museau et autour des oreilles. Il s'est laissé faire. Il la connaissait bien. Quand elle venait chez mamie, elle passait son temps à jouer avec lui. Elle adore les animaux et elle rêve depuis toujours d'avoir un chat bien à elle. Quand Chat-Loupe s'est mis à ronronner, elle l'a couché sur le lit et il s'est endormi.

Cela nous impressionnait de nous retrouver dans cette pièce, au milieu des affaires de mamie. On a fait le tour de la chambre. On a regardé les photos sur les murs. C'était surtout des souvenirs de voyage. Mamie aimait beaucoup voyager. On la voyait au pied de la tour Eiffel, dans une gondole à Venise, à côté d'une pyramide en Égypte. Il y avait aussi quelques photos de famille, dont une de nous deux, Céleste et moi, à deux ans. C'était à l'aéroport, quand elle est arrivée de Chine avec tante Liliane et oncle Jean. Toute la famille s'était déplacée pour les accueillir.

Tout à coup, on a entendu des pas dans l'escalier. On s'est précipitées dans la garde-robe et on a refermé la porte sans faire de bruit. Il faisait noir. On avait la tête enfouie dans les vêtements qui exhalaient encore l'odeur de mamie. Les pas ont continué dans le couloir, vers la salle de bain. Puis on a entendu la chasse d'eau et les pas revenir. Quelqu'un est entré dans la chambre. On retenait notre souffle. On a reconnu la voix d'oncle Claude qui parlait à Chat-Loupe. On avait chaud. Heureusement, il a fini par s'en aller et on a attendu qu'il soit redescendu pour sortir de notre cachette. Fiou! Il était temps. On commençait à manquer d'air.

Céleste est allée fermer la porte de la chambre et on est retournées dans la garde-robe pour admirer les robes de mamie. On avait nos préférées : Céleste adorait les robes de fêtes, en soie ou en velours, tandis que moi, j'aimais mieux les petites robes en coton fleuri qu'elle portait l'été pour travailler dans son jardin, « mes p'tites robes d'Italienne », comme elle disait. On en a enfilé chacune une et on a enroulé un foulard autour de notre cou.

Ensuite, on a fait l'inventaire du coffre à bijoux. On a essayé les bagues, toutes trop grandes, et les bracelets qui glissaient par terre. On a agité les colliers entre nos mains et on les a laissé couler d'une main à l'autre, juste pour entendre le son des petites billes qui s'entrechoquaient. Après, j'ai vissé des perles aux oreilles de Céleste pendant

qu'elle épinglait un papillon sur mon foulard. De temps en temps, on tendait l'oreille vers le palier pour être certaines que personne ne surgisse à l'improviste.

Puis Céleste s'est installée à la coiffeuse, devant le grand miroir. Elle m'a tendu la brosse. Mamie adorait se faire brosser les cheveux. Elle disait que ça la détendait. Tellement, qu'après nos séances de coiffure, elle était obligée de faire une petite sieste. Les cheveux de Céleste étaient raides et noirs comme j'aurais aimé les avoir. Quand est venu mon tour de me faire brosser, elle m'a complimentée sur mes boucles blondes. C'est vrai qu'elle est gentille, Céleste.

J'ai coloré ses lèvres avec du rouge à lèvres rose et les miennes, avec de l'orangé. On a frotté nos lèvres pour bien étendre la couleur et on a ouvert et fermé la bouche plusieurs fois, comme des poissons, pour la fixer. Céleste nous a ensuite vaporisé de l'eau de cologne dans le cou. Pouah! Elle en a sûrement trop mis parce que, jamais, mamie n'a senti aussi fort.

C'est ce moment qu'a choisi tante Liliane pour faire irruption dans la chambre.

— Tiens, tiens! C'est ici que je vous trouve! Tout le monde se demandait où vous étiez passées.

Elle a fait mine d'être fâchée contre nous, mais, en même temps, on aurait dit qu'elle se retenait pour ne pas rire.

— Ouste, les enfants! Enlevez-moi ces robes et venez que je vous débarbouille!

Puis tante Liliane nous a permis de nous installer dans ma pièce préférée et d'y emmener Chat-Loupe avec nous.

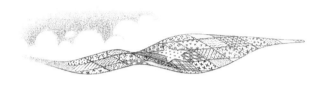

8

LA COURTEPOINTE

La chambre d'ami était la seule pièce de la maison encore décorée à l'ancienne. Je couchais là quand j'avais une maladie contagieuse et que mes parents m'envoyaient me faire soigner par mamie de peur qu'Alex ne l'attrape. Je ne sais pas s'il était jaloux ou quoi, mais, la semaine suivante, c'était lui qui était couché dans ce lit. Et quel lit!

Le lit de maman quand elle était petite. Un lit avec la tête et le pied en gros tubes dorés qui avaient l'allure d'un instrument de fanfare. C'est fort probablement ce qui a donné à ma mère l'idée d'apprendre le trombone.

Et puis il y avait le banc de quêteux. C'était comme un grand coffre en bois qui s'ouvrait pour faire un lit. Autrefois, c'était là qu'on faisait coucher les quêteux qui passaient dans les maisons demander le gîte pour la nuit. Céleste et moi, on s'est étendues dedans à tour de rôle en retenant notre respiration le plus longtemps possible pour faire comme si on était mortes. On jetait un coup d'œil de temps en temps vers celle qui était en vie pour voir si elle avait beaucoup de peine.

On est ensuite montées sur le lit. Les vieux ressorts du sommier ont fait «couic! couic!» On a sauté dessus à pieds joints, comme sur un tremplin, et là, c'était une véritable symphonie. Quand Céleste se propulsait dans les airs, au plus haut de son saut, ses cheveux s'étendaient à l'horizontale de chaque côté de son visage. C'est précisément pour ça que j'aurais voulu avoir les cheveux raides.

Puis on s'est allongées sur le couvre-pied: une courtepointe que la mère de mamie avait confectionnée. Elle était faite de centaines de losanges multicolores qui formaient une étoile au milieu. Chacun des morceaux de tissu avaient, paraît-il, été découpé dans des vêtements ayant appartenu à des membres de sa famille.

Quand je lui ai dit ça, Céleste a eu l'air surprise. J'ai précisé:

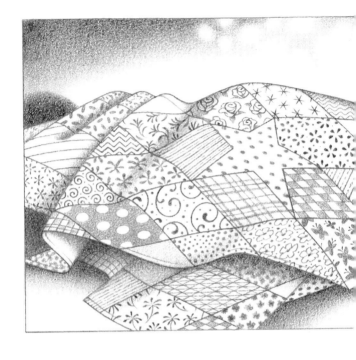

— Des vêtements qu'ils ne portaient plus, évidemment!

Céleste n'habitait pas très loin de chez mamie et elle n'avait pas de petit frère ou de petite sœur à qui transmettre ses maladies contagieuses. Aussi n'avait-elle pas eu la chance, comme moi, de dormir ici et de se faire raconter l'histoire des gens à qui avaient appartenu les vêtements. Je lui ai raconté :

— Le fleuri rose et blanc, sous ta joue, provient de la chemise de nuit que la grand-mère de mamie portait pendant son voyage de noces. Elle et son mari, le grand-père de mamie, devaient passer trois jours au Château Frontenac. Mais il y avait eu une grosse tempête de neige et ils étaient restés pris là pendant toute une semaine. Ils n'avaient pas assez d'argent pour payer. Alors… Tu ne me demandes pas ce qu'ils ont fait ?

— Mais oui, qu'est-ce qu'ils ont fait ?

— Eh bien ! notre arrière-arrière-grand-mère, qui avait une aussi jolie voix que mamie, a donné des concerts tous les soirs dans le grand salon de l'hôtel en échange de leur pension.

— Wow! s'est écriée Céleste, très impressionnée.

J'ai enchaîné :

— Le rayé bleu et vert, ici, est presque tout ce qui restait de la chemise de son arrière-arrière-grand-père quand il est revenu du Klondike. Il avait fait fortune lors de la ruée vers l'or, mais des brigands l'ont attaqué à son retour et lui ont volé tout l'or qu'il avait trouvé.

— Quel dommage ! s'est exclamée Céleste. On serait peut-être millionnaires aujourd'hui sans ça.

On a imaginé tout ce qu'on pourrait faire si, un jour, on devenait millionnaires. Céleste, qui voulait être vétérinaire, construirait, à la campagne, un hôpital ultramoderne pour les animaux. Moi, je m'achèterais une roulotte et je passerais ma vie à voyager autour du monde.

Puis j'ai continué à lui relater les souvenirs cousus dans la courte-pointe :

— Le bleu avec des étoiles jaunes, c'est un morceau du costume d'une tante de notre arrière-grand-mère qui était trapéziste. Elle était la vedette du cirque Barnum and Baily, un cirque américain qui faisait des tournées à travers le monde.

— Le cirque que Tom Pouce a rendu célèbre. J'ai un livre qui raconte son histoire.

— D'ailleurs, il paraît que Tom Pouce était amoureux d'elle. Mais, elle, elle a préféré épouser un avaleur de feu.

— Est-ce qu'il pétait le feu ? a demandé Céleste en pouffant de rire.

— Sans doute. Et il pétait aussi plus haut que le trou parce que son numéro ne valait pas un pet de lapin.

J'ai ponctué ma déclaration par une imitation assez réussie de pets à répétition. On se tordait. On a ri aux larmes jusqu'à ce qu'on soit complètement épuisées.

On était presque endormies, avec Chat-Loupe couché entre nous deux, quand nos parents sont entrés dans la chambre pour nous dire que c'était le temps de partir. J'ai tout à coup réalisé que c'était pour de bon. J'ai regardé une dernière fois la chaise dans laquelle mamie me berçait, le rouet avec lequel sa mère filait la laine…

Je savais que la maison allait être vendue et les meubles, dispersés. Cela m'attristait. J'essayais de photographier dans ma mémoire tous ces objets que je ne reverrais probablement plus jamais. J'aurais voulu déménager toute la pièce dans notre maison.

J'ai demandé à maman avec un air suppliant :

— Est-ce qu'on pourrait emporter la courtepointe avec nous ?

Maman a consulté sa sœur et son frère : ils ont fait signe que oui. Céleste, elle, est repartie avec Chat-Loupe.

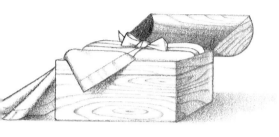

9

LE TROUSSEAU

Quand on est sortis de la maison, le soir tombait et le temps était frisquet. On s'est tous embrassés une dernière fois avant de se quitter. Dans l'auto, maman nous a couverts, Alex et moi, avec la courtepointe. Ça ne faisait pas deux minutes qu'on était partis qu'Alex dormait déjà, blotti contre moi.

Maman semblait fatiguée mais soulagée. Elle nous regardait avec un air attendri.

— Tu sais que cette courte-pointe faisait partie du trousseau de la mère de mamie, ma grand-mère à moi?

— C'est quoi, un trousseau?

— Dans l'ancien temps, les jeunes filles tricotaient, cousaient, tissaient, brodaient tout le linge de maison dont elles auraient besoin une fois mariées : les nappes, les linges de vaisselle, les draps, les couvertures… Elles rangeaient leurs trésors dans un grand coffre de cèdre en attendant le prince charmant.

— Toi, est-ce que tu as fait un trousseau?

— Non, ça ne se faisait plus dans mon temps. Moi, durant mes loisirs, je jouais du trombone dans la fanfare de l'école et je pratiquais le tir à l'arc.

Elle a ajouté en caressant le cou de papa :

— Et je n'ai pas eu à attendre le prince charmant, c'est lui qui venait m'attendre tous les soirs après mes cours…

Papa s'est esclaffé.

— Et je n'étais pas le seul. Elle a bien failli ne jamais me remarquer dans la foule de ses prétendants.

— Et mamie, ai-je demandé, est-ce qu'elle avait un trousseau, elle ?

— Je ne crois pas. Je pense qu'elle avait acheté tout ce qu'il lui fallait par catalogue ou à des vendeurs itinérants. Il n'y avait pas de centre commercial, dans ce temps-là, à la campagne.

— Comme tu vois, a souligné papa, les courtepointes, c'est devenu quelque chose de très rare parce que ça ne se fait plus beaucoup. On est chanceux d'en avoir une dans la famille. Ça fait partie de notre patrimoine.

— Notre quoi ?

— Notre patrimoine.

— Il me semble, a protesté maman, qu'on devrait plutôt dire notre « matrimoine » puisque ça vient de la mère de mamie.

Maman et moi, on a échangé un sourire complice.

Le lendemain, c'était jeudi, jour de ma présentation. Papa est venu me conduire à l'école en voiture parce que j'avais un gros sac à transporter. Dedans, il y avait la chose la plus précieuse au monde : la courtepointe de mamie.

TABLE DES MATIÈRES

Raymonde Lamothe

Quand j'étais petite, je rêvais, comme Élodie, de posséder une roulotte pour partir à la découverte du monde. Je n'ai jamais eu de roulotte et je voyage par d'autres moyens, mais pas autant que je le souhaiterais. Heureusement, il y a les livres, ceux que je lis et ceux que j'écris. Grâce à eux, je visite des lieux magiques, je rencontre des gens merveilleux et j'apprends des histoires incroyables. Ce qui fait que, même loin de ma famille et de mes amis, je ne me sens jamais seule et je ne m'ennuie jamais. Quand j'ouvre un livre ou que j'en écris un, je suis instantanément transportée dans un autre monde, souvent bien plus intéressant que la vraie vie.

Collection Sésame